KB024388

봄만 남기고 다 봄

노미영 시집

봄만 남기고 다 봄

달아실시선
63

달아실

일러두기

보조 용언과 합성 명사의 띄어쓰기 등 본문의 맞춤법은 시인의 의도에 따른 것임.

동어반복이 길어지는 것 같아서
시간이 필요했다.

하지만 말[言]들은 여전히 견고한 담장 안에 갇혀 있었다.

빠져나오지 못하는 사람들,
빠져나오지 못하는 마음들에게
이 말[言]들을 선물한다.

영원한 내 편, 영혼의 동반자가
빠져나가지 못하는 말[言]들을
부디, 녹여주었으면 좋겠다.

2023년 봄을 기다리며
노미영

차례

봄만 남기고 다 봄

3부

1부

봄만 남기고 다 봄

나의 화첩에서
사라진 봄을 찾아내는 것은 오랜 습관

꽃잎들을 찾다가 시계를 잃어버리고
새순을 찾느라 물감을 잃어버리고
하늘을 찾다가 초록을 놓치고

지쳐서 나는, 나비
혼자서 나비
노래도 없이, 식목일

빈 화분들이
빗줄기를 두들겨 맞고 있는 만화경萬華鏡

봄만 남기고 다 봄
이름만 남고 다 뜯겨진 봄

래퍼rapper

당신, 그대, 너,*
당신, 그대, 너,

단 한 번도 가질 수 없었던 것들이
하늘에서 우수수 쏟아져 내리지,
투두둑 통창으로 날아 들어오지,

이름도 감정도 없는 것들이
맛도 향기도 없는 것들이
차고 넘쳐 끓어오르지,
튀어 튀어 솟구치지,

당신, 그대, 너,
당신, 그대, 너,

낮도 밤도 아닌 시간에서,
이승도 저세상도 아닌 곳에서,

허파도 머리도 없는 다면체가

또각또각 당신을 맞지, 그대를 피하지,
너를 집어삼키지,

우산도 모자도 없이,
언어도 침묵도 없이,

당신, 그대, 너,
당신, 그대, 너,

겨울 밤 하늘, 바람은 녹아내리고
기억하던 별들의 지도는 삭제되지,

잠들지 않는 잠을 자지,
시들지 않는 자장가를 되뇌이지,

당신, 그대, 너,
당신, 그대, 너,

하프 소리는 행성을 뒤덮고

악보를 이탈한 음표들이
검푸른 은하계 언저리를 떠돌지

나는 처음부터 없었지

착란錯亂이 잉태한 유령이었지
갈색 외마디 병이었지,

* 최승자, 「일찍이 나는」 변용.

15

쉼표가 많은 시

숨이 차서,
할 말이 너무 많아서,
너무 쓰지 않아서,
쉼표가 많은 시를 쓴다,

지우고 싶은데,
지워지지 않는다,

마침표를 찍고 싶은데,
쉼표가 만개한 시간이 그득하다,

강박强迫과 편집偏執이,
파르스름한 저녁을 반복하고,
눈이 부신 뭉게구름을 삶아낸다,

흥건한 카펫은 탈수되지 않고,
후박나무는 벼락을,
비껴가며 미래까지 숨 쉰다,

쉼표가 많아서,

드문드문 숨 쉬고,
쉼표가 많아서,
구멍이 자꾸 생긴다,

한 사람을 똑같이 웃게 하고,
한 사람을 똑같이 울게 한다,

숨 가쁘게 남은 생이 빙그르 돈다,

한 사람의 얼굴이, 두 사람의 숨이, 세 사람의 약속이,
잦아들어간다, 꺼져간다,

끝나지 않는 한숨이,
무수한 쉼표를,
먼 하늘에 비늘처럼 박아놓는다,

우리들은 영원히 붙박여,
놓여나지 못한다,

멈추지 않는 쉼표가 된다,
퍼진 별무리가 된다,

화성에 이름을

화성에 이름을 보내요 새겨요

모래 장막에 공기방울을 뿌리고
여기서나 만나야 하는 웃음에 아교칠을 하지요
당신의 심장에 부치고 꼭꼭 숨어요

서 있을 수 있을까요
들키지 않을 수 있을까요

흥건한 이름만 보내요

나의 사랑은 당신의 중력*
당신의 사랑은 나의 중력*

붉은 행성에서 넘어지지 않는 춤을 추어요
없는 물로
하얀 풀을 가꾸어요

멈추지 않는 이름을 날려요

먹어요

* 아우구스티누스, 『고백록』 변용.

타투 스쿨tattoo school

꿈속에 얼굴이 아로새겨진 연유緣由를 아니

너무 많은 시간이 달을 건너갔는데도
너무 많은 햇살이 동굴을 촘촘히 막았는데도

오른쪽 눈동자와 왼쪽 귓바퀴는
너를 왜 분질러 버리는지
입 없는 함성은 왜 나를 뱉어내는지

죽음만이 우리를 갈라놓으리라는 진부함이
괘종시계처럼 놓여 있는 새벽 5시,

놓아줄 기술을 찾고 있다

덜 여문 리코더 소리 같은 껍질을
거울에서 벗겨내고 있다

그림자 꼬리

나의 일력日曆에는 계절이 없어요
오늘이 모여서 미래를 만들고
오늘이 모여서 부끄러움을 흐트러뜨려요

당신이 어떤 비누를 쓰는지 궁금해요

작은 창이 환하게 나 있는 부엌에서
친환경 호박잎을 다듬다가
손이라도 따끔거리지는 않았나요

삽살개를 입양해보세요
산책을 같이 다녀요

좀비 영화는 그만 보는 게 어때요
다이어트는 건강을 갉아먹지요

차라리 웃어요
등 뒤에서 당신을 잔잔히 지켜보고 있는
사람에게 고양이 자세를 해줘요

마른 꽃다발을 목에 건
당신의 꼬리를 지그시 눌러줄게요

내가 만든 이끼 섬에서
자몽차를 마셔주세요

고양이가 잘 어울리는 담갈빛 눈

무릎 앞에서
긴 머릿결을 파묻어주세요

차단

한겨울에도 인간을 기어코 물어서
모기는 예의가 없다

예절도 없이
경배도 없이

한 번도 꺼내지 않았던 말을
바다에 심고

감당하지도 못할 쓴웃음들을
주워 담다가 바위섬의
고철 쓰레기통이 되었다

살아내겠다고 모기는 깊은 겨울의
커튼 뒤에 웅크리고 있다

기다림은 강퍅해지면
어떤 이름을 얻게 되는가

이름도 없이
그림자도 없이

벽을 못 박는다

벽이 보이지 않는다

오늘의 운세

잠이 너무 많아서 번번이 나는 실패한다
잠을 아무리 자도 딱딱하고
잠을 애써 줄여도 딱딱하다
낮은 베개가 나의 다행多幸을 불러오지 못하고
거위털 이불이 나의 죄목을 꺼뜨려주지 못한다

조언 같은 훈수들이 능소화처럼 나를 적셨다
신神은 없다는 자부심들이 병따개처럼 사방으로 흐무
러졌다

손바닥의 실선들이 종아리를 휘감아 돌며
바닥으로 미끄러져 내려가
창틀을 타고 기어들어가
좁은 선반에 얹혀살던 다육식물을 건드린다

푸른 알갱이들이 쏟아져 내린다

무심하게 두지 못해 실패하는가
무심해서 실패하는가

쉬이 구할 수가 없는 파본
그래서 하나뿐인 시계

건드리지 않아야 거둬들이는 하루
말 걸지 말아야 영그는 매일

곤두박질친 기억들이 주섬주섬 뒷날을 추스른다
단념하지 못하는 구름들은
풀썩이는 빗줄기를 연해 불러들이고

내일의 장마는
그리움으로 성난
눈두덩이를 내리누른다

@

성공을 선점한 유기화합물들이
불행을 강화마루처럼 깔고 앉아 있는 것들에게
너스레를 부린다

역류성 식도염 같은 하루의 궤도를 수정하라고
0과 1의 세계에 편입하라고
미라클 모닝*에 함께하자고

새벽을 열어젖히면 도시의 쓰레기통들이 뿜어내는 온기,
또 새벽을 일으키면 후회보다 빠르게 배송되는 상품들의
냉기, 온기, 열기, 한기

한생을 반복하는 분리수거

거울을 닦다가 정리되는 사랑
창틀을 떨다가 마감하는 상처
거미줄을 떼어내다가 시작하는 오기
물때를 제거하다가 밀려오는 붉은 잠자리 떼들

건드리지 않는 것이 용기인지 회피인지
알다가도 모르겠는 나날들이
계절을 역주행하며 섬광을 품는다

사그라들지 않는 계정들은
먹이사슬처럼 비난하고 용트림하고

잊혀지지 않아서 어리석어지는 것들
잊고 싶지 않아서 싹싹해지는 것들

불가해한 빛들을 그대로 두지 않으려고
최선을 다해 바둥대는 나방들

측은한 것들은 줄지어 높쌘구름 속으로 뛰어든다
껍질이 벗겨진 바람들만 더 낮은 하늘을 맴돈다

* miracle morning. 일과가 시작되기 전 이른 아침에 일어나 운동이나
  공부, 독서 등을 하는 것.

모음조화

견딘다는 말은 삭제해버리려고 해
그간 썼던 문장들도 대부분 잊어버리려 해
박히려고 구웠던 게 아니거든

망치질을 할 때는 반쯤만 걸어

활자를 사랑한 사람은 글자 밖으로 나오지 못하고
아침을 주장하지만
저물녘이 끝까지 마음에 드는 사람은
곱은 손가락을 펴지 않아

밀어내고 끼리끼리 반죽하고 부스러뜨리는 상형문자를
사랑하니 양분兩分하지 않는 변증법을 아끼니
혐오하기 위해 일생을 문자를 읽니
실패를 정말 좋아하니

통째로 외워버리는 것을 제일 잘해
쓸모없는 것들만 기억하다가 이런 모서리가 되어버렸지

차투랑가 단다아사나*
허리를 아껴서 아름답게 참아냈어야 하는데

맨 뒷자리에 앉아.
그러면 보이지 않던 것도 잘 보일 것 같거든

증명사진이 잘 나오면 우쭐대고
고지서가 연체될까 봐 종종거려

묘사는 없고 늘 진술뿐이야
그래서 탈락하고탈락하고탈락하다가 또 탈락하지

하늘과 바다가 무진장하다고 해서 자주 쳐다봐
장작이 타들어가는 소리를 따뜻하다고 되뇌어보지
캠핑을 가려고 타프도 사고 골프방송도 가끔 기웃거려
등산이 최고지 와인들의 목록도 찬찬히 들여다보고
풀빌라 대여 호캉스 합류 맛집 탐방 출사까지

보여줄 게 없으면 그만 살아야 하는 거야?

그 많은 들꽃들의 이름을 아는 게 없어
한 소녀의 영혼조차 묵독해내지 못했지

너는 내일 어때?

* 산스크리트어. 요가의 막대기 자세.

홍보대사

책이 많은 창문에 사는 고양이는 책을 사랑하고
음악이 많은 창문에 사는 고양이는 음악을 사랑하고
빛살이 많은 창문에 사는 고양이는 빛살을 사랑한다

슬픔 쪽으로 연신 기울어지는 창문에 기대어 사는
고양이는 무엇을 사랑하게 될까

수도꼭지를 돌려 물방울을 떨어뜨려준다

너의 이름이 슬픔이라면
나의 꼬리로 쓸어내 줄게

무거운 이름을 발바닥에 묻혀 핥아내는
식물을 본 적이 있는가

고양이의 입술은 노을의 눈동자처럼 붉어지고 있었다
알뿌리 식물은 흐뭇한 노래를 들어 올리고 있었다

초저녁의 마음과 하늘을 나눠 가지며
우리는 점점 알싸해졌다

이모티콘

대체된 표정들이 적당하게 어울려
주로 사물들의 얼굴을 차용하지

나비넥타이를 하고 뛰어다니는 모래시계들아
해가 지는 방향에서 어울릴래, 기지개 켤래,

어깨가 넓어졌어 숨겨진 간극이 있었나 봐
오른쪽 무릎은 자꾸 욱신거려
비스듬히 날아다닐 때가 많았거든

방위를 다듬고 자물쇠를 바꾸고 잊어버려야 할
앱들을 삭제하지

알맞은 얼굴을 찾아 끼우느라
거푸집을 가져다 쓰고 기저귀를 다시 차는

냄새
멀건 복도 끝에서 죽음은 영하 37도쯤이거나
들이마실 수 없는

지린 고요

남기기 위해 두 발로 걸어 다니며
너털웃음을 기웃거리지 마

발랄하게 잊어버리는 눈썰미를 기억하기 위해
기쁘게 작별하는 비법을 습득하기 위해

남은 미래를
계속 찍어 올려

비상구

선물은 그림자마저 녹아버리는 것으로 고르자
향기가 사방을 흐르다 물러가도록 하자

어느 꽃의 감정이 좋을까
두 손 가득 꽃잎들의 호곡號哭이
머물다 가도록

울음이 아름다움의 유골이라는 것을
속삭여주는 계절에

너에게 건네줄 것은
닳아서 멈추지 않을 속도들

설탕통에 눌러 담을 수 없는
영원한 섬광들

과거에서만 다시 만날 수 있기를,

때늦은 거짓말이 골목을 서성이다가

갈 곳이 없어 훈김을 지핀다

여섯 개의 비누, 고양이 한 마리

사로잡힌 영혼들에게는 행간이 없다

비밀을 두드리는 귀

바다에 귀가 있었다는 것은
우리만 아는 고백

무수한 귓바퀴를 길러내면서
그는 어떤 음식을 입에 대었나

귀를 대면 행성 바깥에서도 들리는 소리

딱딱한 육질들의 귀가 쏟아내는
썰물의 육성은 푸르러서,
음지의 화분들 조약돌 위에
귓불을 잔뜩 늘어둔다

죽어가던 이파리들도 들으면
영생을 얻을 것 같아,
밀물이 옮겨다 주는 비밀을
허겁지겁 집어먹는 축성祝聖.

다 벗겨져서 그림자도 닳아버린 생물의

비밀은 무엇이었을까
파쇄기의 마음은 무슨 색이었을까

살아 있는 껍데기들이
그만두라고 파고드는데

멎어야 모든 게 멈춰

잊어버리지 말라고
달팽이관들은 느리게 옴죽거린다

바람이 불지 않아도 흔들리는 상처들은
모두 눈 어둔 물고기로 다시 태어나고 있었다

먼 바다는 하품을 했다

등대 앞의 섬

너무 많은 이름으로 끌려다녔다
자발적으로 숨을 쉬어본 적이 없는 꽃
빌려 산 목숨 구걸하여 얻은 사랑
판단은 늘 어긋나고
걷기만 하면 길은 자꾸 흐려졌다

등대를 지키는 이는 누구인가
북극성은 어디에 매달려 있는가
이곳은 어느 영역인가
넘어져도 으스러질 무릎은 아직 남아 있는가

손목으로 걷는다

걸어서 하늘을 건넌다
파도에 미끄러지는 태양의 뒷모습을 휘젓는다

잉걸불로 섬을 지핀다

오목눈이들이 몰려 나와

재들을 받아먹는다

꽃이다

매캐한 꽃들이
구멍 난 돌들을 들어 올린다

물의 뒷모습

살면서 누군가에게 그렇듯 오래도록
등줄기를 보여준 적이 없다

한 사람의 등마루에서 그는 무엇을 뜯어냈을까

기다리던 것들이 돌아오지 않을 때까지
삭히던 심장의 더께들

회복이 되지 않는 신경 가닥들
물비린내 짠내 파슬리 가루
라벤더나 관음죽의 순장묘
오래된 자동차의 닳은 핸들
옥외 주차장 후미진 난간 모서리
군청색 슈트 착실한 종이갑
극기하는 빗줄기

척추에는 마음이 살지 않아서
가파르고 먹먹하고 구부러지기만 하는가

별과 달의 껍질을 갈피 삼아
끝나지 않는 책을 완성하고 싶었다

마음은 보이지 않아서 마음
마음은 마음대로 할 수가 없어서 마음

들을 준비가 되어 있지 않은 사람에게
너의 심장을 들어붓지 마

매번 말라붙고, 매번 걸려 넘어지면서
물은 앞뒤를 분간할 수 없는 형체로 떠내려간다

타들어가는 이름을 부레처럼 붙들어 안고
단 한 번뿐이었던 세계가 휘황하게 찢겨 내려간다.

아보카도의 일기

파란 손이 해야 할 일은 마개를 돌려
고여 있던 향기를 터뜨리는 것,
매듭의 방향이 어디를 가리키고 있는지 확인하는 것,
잠들어 있는 흔들의자의 뺨에 사춘기, 라 새겨주는 것,

다 자라지 못한 어른들은
과거를 쉴 새 없이 불러들이며 숲을 어지럽히고
감정을 꺼내서 바다에 불을 지르고
환각을 저물녘의 바람에게 전달한다

바람은 바람이어서 돌아올 수가 없고
바람이 건드리는 미래는 쌉싸름한 웨하스인데
한 조각의 서양식 과자가 호흡을 보속補贖해주리라는
믿음은 어느 하늘에서 쏟아져 나온 것인지

담을 수가 없는 용서, 모을 수가 없는 약속

기울었고 텁수룩하고 몽글한
이름들을 불러들여 잔치를 벌일 수가 없어요

그의 하루가 왜 나의 장바구니에서 정리되어야 할까요

뿌리치면 칠수록 역광은 스며들고
마음의 틈에 이완이 필요한 옷차림,
꼭 눌러야 배어드는 분가루,

풍광이 불러들이는 노래에는 주석을 달 수가 없는데

다듬고 어루만져도
바로 펴지지 않는 호흡을 향해

튀김옷을 입혀요
복구되지 않는 가슴에 투명한 기름을 발라요

어제-오늘-내일

오늘의 알약으로 오늘을 오래 살았다
오늘의 목덜미를 지속하기 위해
오늘의 악몽을 먹여 살리기 위해
오늘도 부활하기 위해
오늘을 먹고 오늘을 수리하며 오늘에 치우쳐야 했다

영원히 뻣뻣할 오늘을, 외마디의 오늘을
산산조각 난 오늘을 연명하기 위해
내일도 오늘의 알약을 삼킨다

어제의 악몽들은 내일 녹아내리지 않는다
어제의 흐느낌들은 내일 날아오르지 않는다
어제의 통증들은 내일도 골목 어귀에서 싱그럽다

오늘의 노래를 미래의 축음기에 담는다
미래의 주파수들이 내어놓을 감정의 이름이 잠시
궁금했겠지만 악기를 닫는다 미래를 닫는다

어제의 알약들로 보드랍게 누그러질 수 있으리라 믿었던

내일의 미래를 덮는다 통창처럼 꾸어대던 오늘의 꿈들을

　불사른다 오늘의 재들이 미래의 먹구름이 된다

　내일의 먹구름은 어제들의 거절이 말아 올린 선물

　상자를 열면 해거름빛 물기들이 어제의 약속들을 아름답게

　망가뜨린다 선물이 흥건해져 내일의 심장은

　우비가 없어서 오늘의 알약을 삼키지 못한다

　내일의 목소리는 연금술을 주억거리지만 어제의 이야기들은

　이미 마감되었다 어제의 여기는 오늘의 저기가 아니고

　내일의 마음은 자꾸 오늘의 마음이 아니다 오늘의 죄는 내일

　사하여지지 않고 내일이 없는 사람은 어제의 내일을 걸으며

　먼 어제의 얼굴을 찍어낸다 얼굴은 이름 없는 이름이 될 것이다

식물성 인간

민물에 스며든 씨앗에서 싹이 오른다
씨앗의 뿌리가 모서리에서 비롯된 것인지
물러터진 무화과의 성기에서 시작된 것인지

비밀을 아는 육식동물은 시들어가고
팔라스 고양이들에 둘러싸여 수명은
이마를 부딪는 종신형을 언도받게 되었던가

녹슨 닻에 돋아난 따개비처럼
가지바위솔들이 선잠을 들쑤실 때마다
잎들은 돋아나고 줄기들은 푸르러졌다
꽃이 피지 않아도 열매가 맺혔으며
전정가위를 펼치지 않아도 빠져나갈 가지들은
기울어져 불을 입었다 불붙어도 타들어가지
않는 형벌들이 자꾸 지상을 물들이며 면회를
허락하였다 죄를 지은 사람들이 입고
나야 하는 옷은 왜 푸른가 푸른 꽃잎들은
왜 새벽을 어지럽히는가 열매들이 떨어질 때
듣는 소리는 왜 흐무러진 영혼들의 몫인가 겨울눈이

희망을 배고 있다고 거짓 증언하지 말라

다 무너져서 다 떨어져서 견디는 육신
가냘픈 음계에도 짓무르는 감각
꽃이 피어날까 숨이 막히는 체관
건드릴 수 없는 그물맥들이 모여

하늘은 오늘 아침에도 새로운 민물을 밀어 올린다

칙사勅使

아직도 기다려야 할 게 남았는지
자동 혈압계가 이면지처럼 놓여 있는
의자 끝에 입욕제처럼 매달려

시계 바늘은 왜 왼쪽에서 오른쪽으로 도는지
시계의 시작은 어디서부터였는지
공간의 초침에게 물어보는 시간

너는 시간의 일생을 첨삭하는 사람

받아낸 이도, 염습할 이도 익명일
연대기 앞에서
남아 있는 시간을 점쳐보는 사람

남은 시간이 얼마나 되는지
다 알고 있다면
남아 있는 사람에게 남은 이야기를
들려주어야 하는가

남은 보조개와 남은 반짝임과

남은 설렘을 남김없이
얼려두어야 하는가

남겨두었던 것이 남김없이 으스러졌을 때
꺼내 만져보라고
마지막 말을 남겨두어야 하는가

자가 발전하는 시간의 자비로운 그늘 밑에서
목덜미 뜯겨 나간 청설모처럼

더 기다려보라고
시계는 명상한다

느닷없이 빨라졌다가
한없이 멀개진다

솟구쳐 오르다가 투명해지면서
너는 멈출 것이다

분채粉彩

심장 같은 날,

누가 만들어낸 안료인가
밤하늘, 한여름 소나기 같은 먼지들이
황록색 소리를 산 중턱으로 불러들인다

다 보여도 보이지 않는 감각들 뒤편에 숨어
빛을 뿜어내는 윤곽들

날아다니다 보면 알게 되는 것이지

먼지보다 더 큰 아름다움은 없고
빛의 강박은 기억이라는 것을

시야를 넘어서는 믿음은 간데온데없고
어둠의 엽록체들이 모여 뭉게구름이
주조鑄造된다는 것을

똑같이 말하고 똑같이 생각하는 세계에서

초록빛을 품고 떠다닌다는 건
없는 사랑을 설파하는 절벽이라는 것을

유영하는 법을 잊지 마
너는 하나밖에 없는 초록 불씨야 돋움줄이야

황록색 빛살들이 숲의 둥치에 들러붙는다

가장 빛나는 주검들은 이름이 없다

육즙

노을은 영혼의 고향

영혼을 가두는 것은 정지된 시간을 날으는
여름 철새들의 날개 없는 파닥거림,
백사장에 나뒹구는 불가사리들의 허파,
썰물들이 내뿜는 악몽들의 반복

불시착한 뭇별들의 시신이 육신을 그러모으네
어루만지네 그림자만 남아서
뿌얘지는 심장만 남아서

섣달그믐 해름 같은 어혈들이
뱉어내는 시간, 물컹대는 시간,

얼마나 쏟아내야 끝이 날까
멈추지 않는 벌건 하늘을 지켜보는 시간,

훔쳐보는 자들의 눈동자는 무슨 색깔이랴

갓길만 훑고 지나가는 태양은
이제 추억할 게 없네

입 밖에 걸지 마라 눈 밖에 내놓지 마라

해거름의 유언은,
지나가던 검푸른 구름이
입하立夏의 바다에 내다 뿌릴 것이네

바닥에서 유리 오징어처럼
번들거릴 것이네

봄밤

일 년 중 제일 상냥한 사이. ㅁ 받침이 두 개나 되어 바람도 좋고 화해할 수 없는 눈썹마저 용서할 수 있을 것 같은 호흡. 그림자를 도둑맞고 주저앉아, 곁을 머물다간 나뭇잎들의 테두리를 헤아려본다.

친절하지 않아서 훔쳐 가버린 걸까. 둥글게 모여 앉아 수건돌리기를 하고 있는 과거들. 쏙독새 등에 업혀 미래로 가고 있었던 것 같은데, 골목이 자꾸 훈기를 막아 세운다고, 의지가 없는 줄기들은 분갈이 되지 못한 운명을 한탄하기나 할 뿐. 교훈적으로 살아내기도, 착실하게 사망하기도 싫은 영혼들은 천변에 몰려나와 빠른 보폭으로 계절의 본잎들을 떼어낸다.

사랑이 서투른 것은 물구나무서는 법을 몰라서일 것이다. 입속에 넣어주지 않으면 가늠하지 못하는 통각처럼 무디어져가는 서정抒情들. 온화한 속옷을 빼앗겼어요. 고양이를 살해했나요.

크낙새들은 시간의 살갗을 쪼아 먹기 위해 이곳으로 내

려왔는지도 모른다. 모여 모여 별이 되지 않고 화살촉이
되어버린 심장들. 지켜내고 싶은 것은 바람인가, 문틈인
가. 꽃잎들의 표지를 따라 영롱하게 사라지고 싶다.

2부

공소시효
— 기억의 박물관 7

약속에도 상처에도 기한은 있어서
자정을 알리면 호박 덩어리로 변하는
옛 주문처럼 저 켠에
바스라지는 시간들이 있다

나무둥치에 새겨져 있었던
것이라 해두자

숨골에 웅크리고 있었던
것이라 해두자

하루살이처럼
인디아 악기의 소리를 듣는다
혀를 닫고 가슴을 닫는다

아물려면
눈썹달 빛이라도 필요하랴

덜어내면서 시간은 물러터진다
나부끼며 흘러내리며
공벌레 같은 영혼들이 부글거린다

#나비스타그램
— 기억의 박물관 8

#사막에서 #나비들이

#후두둑 #떨어져 #검은 겨울날

#멀겋게 #쏟아져 내리는 #흰나비 #나비 떼들

#하얗게 #다 #지우고 싶었어 #나는

#없으니까 #딱딱해졌으니까

#굳어진 #나비들을 #액자에 #걸어줘

#안료를 #바르지는 #마 #굽지 #않아도

#이미 #단단해졌으니까 #차가워졌으니까

#어디로 #가게 #될까 #낙타를

#타게 #될까 #다시 #나비로

#태어나고 #싶진 #않은데

#이 #곳엔 #왜 #왔었을까

#햇살 #햇살 #너를 #만나러

#왔었나 #나는 #벗어나지 #못해서

#어둠을 #어디를 #떠돌게 #될까

#사막에서 #눈꽃들이 #흩날려

#파란 #나비들이 #쪼개져 #포개져

으스러진 변주곡
— 기억의 박물관 10

망가진 육신으로 부르는 노래는
무슨 곡조일까
마장조쯤으로 음계를 고르고
졸참나무 열매 떨어지는
소리 같은 악기로
주성부主聲部를 골라
캐논canon*을 시작한다

찰나에 운명은 늘 엇갈렸다
선택의 죄과罪過로 생生은
반복되는 것일 뿐

팔색조가 펄럭거린다
귀 없는 귀들이 바스락거리며
도돌이표를 줍는다

할퀴었다고는 말하지 않겠다
받아쓸 수 없는 기억들을

저장하지도 않겠다

물이 되고 싶었는데
정작 물을 좀처럼 마시지 않았던
힘으로 선인장은 부리를 들어 올렸을까

폐식용유처럼 끓는다
요도尿道의 극점까지 차오르면서
고통은 완성된다

조옮김된 악곡의 마지막 마디에서
떠오르는 너

아니었기를

타르 같은 시간이 옹이눈처럼
노래의 사이에 있다

찔러 넣는다

노을만이
삭은 영혼에게
담요를 던져줄 것이다

* 규칙성을 가지고 반복되는 음악을 뜻하는 음악의 한 장르(기법).

봉쇄 구역
— 기억의 박물관 11

집을 짓고 싶었는데 앞에서 멈췄다 음표가 뜨는 집 햇살이 굴러다니는 집 별도 달도 여무는 집 빗방울이 흘러내리는 통창도 호두파이를 구울 수 있는 오븐도 머무는 집 식물들은 실려 나가지 않고 앵무새와 강아지가 도란거리는

멈춘 시간의 빗장을 따고 손톱 사이로 빠져나가는 빨간 벽돌을 쌓고 싶은데 담쟁이덩굴도 자라고 싶은데 나를 잡아 세운 벽은 어떤 기다림이었을까 환각이었을까 망설임이었을까

시간을 놓친 자의 울음은 노을을 닮았다 알 수 없는 집착들이 무성해져 어둠이 눅눅해진다 얼마나 더 앓아야 저 별의 꼭짓점에 가닿을 수 있을까

하늘 앞에 떫은 태엽이 걸려 있다

상처의 법칙
— 기억의 박물관 12

항상 과오를 깨닫지 못한다

입증할 수 없는 증거들은 안전한 지대에 머물게 한다

빠져나가는 법까지 미리 알고 있기도 하다

짓누르는 말이나 겁을 주는 말을 살포한다

죽겠다고 선언한다 죽지 않는다 예수처럼 우뚝 서기까지 한다

극단적인 물질은 재생산되며 고름이 흥건해지지만

받아내는 사람은 역시 받는 사람이다

반성하지 않는 시간들도 발랄하게 다시 빚어진다

감정은 북받쳐 오를 수도 있지만 아무것도

달라질 게 없다는 걸 간파한 이는 소비하지 않는다

건드리지 않는 걸 터득하는 것이 인생이어서

시간이 삭아 바스락거리기를 기다리는 수밖에 없다

어쩌다 깨달음이 훅 와도 꼭 너무 미래로 와 있다

구실을 대거나 괴로움에서 벗어나기 위해 말을 건네기
엔 늦었고

용서를 구하기도 구차해 침묵 속으로 도망친다

미워도 해보고 저주도 해보지만

다 부질없다는 것을 터득하는 이도 있고

끝끝내 자신이 만든 감옥에서 탈출 못 하기도 하며

감정의 맥박을 조절하지 못해 숨을 버리기도 한다

받는 사람이 모범수가 된다 색인도 다채롭다

자상 열상 염좌 타박상 망상 해리 미주신경성 실신 환청

겸연쩍은 책들의 기억은 불쏘시개로 사용하는 것이 좋다

노래는 흘려 넘기며 공간은 삭제하고 일화도 기록하지
않는다

이따금 맛도 향기도 없는 세계에 발을 들일 수도 있다

아무나 도달하는 경계는 아니다

바람이 불고 나무에 뻘건 물이 들고 눈이 좀 흩날려도 심
장이

물컹거리지 않아야 복수는 완성된다

추억과 집착과 미련의 차이를 구별하게 되면

인생의 비밀은 대부분 꿰뚫은 셈이 된다

잠이 오지 않아도, 혼자여도 넉넉하고

아침을 나설 때부터 질척거리지 않는 망막을

장착하게 되면 완료된 것이다 다음 생은 필요 없다

검 박물관
— 기억의 박물관 13

난도질당한 육체와 영혼이 머물 수 있는 나라는 어디인가 흉터는 영혼의 밑바닥에 가라앉아 스멀스멀 제향을 피어 올리고 끝나지 않는 꿈속에서 그림자는 자꾸만 저물녘의 여관에 머문다 궁전장 여관 골목 귀퉁이 보이지 않는 여관 왜 이끌려 왔는지 알 수 없지만 육체는 계속 잃어버린 구두를 숨 돌릴 틈 없이 찾아다니거나 방을 얻으러 다닌다 쉬었다 가기 위해 두드린다 문을 열 때마다 팔다리가 뒤엉기는 소리 낮은 소리 조각나는 소리 둔부에 새겨지는 소리 찢어지는 소리 꽂히는 소리 지갑을 잃어버려서 여관을 돌고 또 돈다 신발이 없어져 꿈에서 나갈 수가 없다 갇혀 갇혀 혈흔에 갇혀 굳어버린 시간 위를 달린다 파먹어도 수북해진다 거대한 어혈 덩어리 위를 달리는 검객들 흔적들 꿈 밖을 기다리다가 부풀어 오른 수포들이 폭죽처럼 낭자하다 굵느라고 신神은 일생을 바쳤다 칼을 창조했다 청동기 시대부터 영혼들은 녹이 슬지 않는다 너무 많은 영혼들이 하늘을 날아오른다 무뎌지지 않는 것들이 열 바늘쯤 꿰맨 흉터들이 대양大洋을 건넌다 어느 노을 밑에서 영혼은 영원한 안식을 구걸할 것인가 궁전장 여관

70

스무 개에 가까운 붉은 색의 여관 빠져나가지 못한 영혼들이 부황 자국처럼 떠다니는 궁궐 사라진 신발을 찾아야 해서 칼에 맞아도 죽지 않는 꿈,

풍문
― 기억의 박물관 14

천사를 만나봤다는 사람들이 많아

그렇게 날개가 잘 보일까

새로 산 주물 프라이팬에
살갗을 데이면
하루가 길어지지

아우성이야

자신이 제일 빠르게 무너진다고

허물어진 서까래 틈으로
대롱 같은 가무락들이
제 몸뚱어리를 파먹어

낚이는 건
경전輕典 습자지야

천사들이
날갯죽지를 잡아 뜯어내

노래의 역사
— 기억의 박물관 16

오랫동안 같은 노래들의 태엽을 감고 있었다
멀어서 듣고 있던 기억들
멀지 않아서 나누어 가지고 있던 얼굴들
아직도 풀리지 않는 하늘들

악몽은 왜 거기서 꽃피고 있던가
기다림은 왜 고집스러이 몸을 풀고 있는가
셈여림도 낮은음자리표도 없는 악보들
촘촘한 노래는 왜 멈추지 않는가
절절하다는 감각을 노래해본 적이 있던가

길디긴 도로에서 숨 막히는 신호등 앞에서
노래는 마디 풀린 춤처럼 허공을 휘돈다
눈동자에 이물질이 묻어나는 이유를
노래들은 일러주지 않았다

완강하던 마음이 저물기를 희망했던가
고대하던 열망을 놓아주지 못했던가

네 발 달린 기계는 뭉게구름 속을 치달린다
으스러진 신경 가닥들에게는 음악만이 영생永生!

다시 태어나면 음표가 되겠다고 선언한다
결 고운 화음이 되겠다고 고함친다
악기가 되겠다고는 약속하지 않겠다
스며들지도 않겠다 발설하지도 않겠다

노래 같은 눈꽃들이 창밖을 뒤흔들 때
달려 나가 감정의 이름을 공표하리라

아무도 듣지 않는 서정시를 애도하며
손때 먹은 우리의 연혁을 눈밭에 묻으리라

3부

끌 수 없는 이야기

귓속의 어둠은 침착한 공포를 먹고 산다
불빛이 보호색이어서
귀가 없는 사람은
빛들이 너울거리는 방에서 잠이 든다

바람이 우는 소리는
어떤 생물의 민낯을 닮았으랴

보이지도 들리지도 않는
세계를 만져보고 있으면
붉은 펜으로
들숨의 주파수를 그려내고 싶은 것이다

바스락거릴 수도 없는 침묵은
오염된 비둘기의 꽁지를 달고
귓바퀴를 종종거린다

손짓이 전부인 나라에도
입가에 맴도는 노래가 있으니,

어둠 속에서 가장 빛나는 어둠을
길어 올리는 노래,

웅숭그려 어깨가 허벅지에 닿는 노래,
살갗이 없는 노래

입의 몸

얼룩진 사람의 운동화 바닥을
솔로 박박 문지르다 보면

남은 시간들이 벗겨진다
헛바늘이 밀려든다

열십자 나무판에 매달려
손바닥이 으스러지던 사내의 족적은
도시 따라갈 수 없는데

다 놓고 싶을 때 보이는 것들

심장 고동 소리가 고약膏藥처럼 뛰는 새벽

용서를 복습하며 잇몸은 부욱해진다

조음장애 치료 프로젝트

— 세 번씩 읽어보시오

큼펐다후칙   체유말익기   학상프싸고

탈치수각푸   규지쌀미닌   앙타픅낭무

살느므픽이   파락창낙클   당밍니열초

팔나할라럭   쓰나강히뮤   니타랄루이

간민린핀힌   줌품삼함감   팬차슨갈오

감윤닌수국   한직누트몰   바조쿰스흑

미명微明

다 부서진 별들이 부엌 바닥에 수북하다
개수대 배수구에도 건조대 언저리에도
행주로 훔쳐 담으면 반짝거리는 분노

발뒤꿈치에 박혀 걸을 때마다 바스락거리는
환멸 갇혀 사는 자의 감정이 페달
쓰레기통에 차곡차곡 넘쳐난다 가루가 된 별들이
거실로 흘러 들어간다 안방으로 화장실로 해무海霧처럼
전진한다

그래도 같이 살아요,
우리는 밥을 함께 먹는 짐승들이잖아요

밤하늘의 별은 부서지면 찔레꽃이 된다
집게발을 잘라내고 뒷덜미를 움켜잡으며
꽃가루 같은 별들이 새벽하늘을 갈아 끼운다

브런치

고요로 만든 빵 한 조각을 먹는다

무게중심을 잃은 시간,
흐트러진 윤기

설탕을 더하지 않은 연유를
끝나지 않는 의심疑心들에 길어 붓는다

땅콩버터를
굳어가는 대화에 찍어 발라본다

짓무르다가
벌겋게 드러나는 진피,
새살이 돋지 않는 태양,

기념일 식탁

머리맡에 빨간 양말

긴 병원에는 성탄절 나무에 열매도 빨리 열리고
빛도 빨리 나붙는다 바라는 마음도
바랄 수 없는 마음도
달라붙어 발톱이 문드러지도록 자란다

시간이 패인 그곳
링거를 타고 액체들은 흘러
지하 6층 주차장에 무리 지어 웅크린다

더 이상 보호자가 아니려면 나갈 수 있는 길은
두 갈래. 아직 빠져나가지 못한
보호자들은 후미진 틈을 찾아 모호한 잠을 청하고
환자에 가까운 보호자로 거북해진 그는
산타 할아버지께 보내는 쪽지를 성탄절 나무에 매달며
초록에 가까운 잎전구로 환생한다
기다리기만 하다가 시간이 저물어가는 이들에게
순록은 어떤 전갈을 쥐여주는가
남은 생이 달콤하게 졸아들기를 늦지 않기를

역광 같은 기다림들이 한데 모여 썰매에 실린다

이랴, 말구유가 하늘을 차올린다
하늘이 풀쩍 날아오른다

1박 2일

우리의 밤과 낮은 하루밖에 안 되어
숲길의 어귀만 만지작거리거나
바다의 정강이만 툭 건드리고 흐려진다.

길고 긴 밤바다를 작은따옴표처럼
쏘다니고 싶었다 깊은 산장에서 구름의
심장을 서로의 민낯을 나눠 가지고 싶었다.

몰아가고 높아지기만 하는 길 앞에서
번번이 숨은 뭉텅뭉텅 무너져 내렸다.

차가워진 영혼은 어느 빗길 국도 흙바닥을
먹먹하게 포복하고 있을 것인데,

운전대를 휘몰아가는 사람이여
밤과 낮을 다 게워내지는 말아다오,

비밀번호를 잃어버린 트렁크를
졸음 쉼터에 내다 버린다.

우리는 늘
길이 없는 지도만 나눠 가지고
서둘러 떠나고 있었다.

식물을 기르기 위하여

손끝에서 너는 살아나지 않는다
넘쳐서 늘 썩기만 하는 결말
뿌리는 종료되고
남은 화분을 염습하기만 하다가
시간은 곤두박질쳤다

왜 늘 넘치거나 모자라는가
삶은 아직도 서투르기만 하고
식물의 일생조차 건사하지 못해
너덜너덜해지는 마음

감출 곳이 없어
마음은 수챗구멍처럼 눅눅해지고

초록 싹에 물을 주어
구원을 받고 싶었는데

누렇게 뜬 실란 줄기들만
심장을 겨냥하고,

수혈받고 싶은 영혼의 실란들이
돔 비늘처럼 고동치는 밤

바람이 불지 않아서
이파리들은 손가락을 베었다네

바람이 불지 않아서
너는 영혼을 맞바꾸지 못했네

애플파이

베개에 아이들은 얼굴을 부비댄다
무슨 냄새가 나는 걸까
나는 맡을 수 없는, 나의 체취
베개를 독차지하려고 녀석들은 연신 투덕거린다

누군가에게는 그저 악취이기만 했을까
오래오래 허공을 떠돌던 열망의 단층들

오븐은 제법 예열되었으나
번번이 빵 한 번 구워보지 못했다

잘 만들어진 프랜차이즈 제과점에서
적당한 설탕이 발라져 있는
오늘의 아침을 구입하며
내 것이 될 수 없었던 향기를
덥석 베어 먹는다

거위털 한 잎이 바닥으로 내려앉는다

누가 이긴 걸까

나의 향기는 비가 막 그치고 난 숲의
시간에서 오는 것이면 좋겠다

잘 마른 모과 열매의 지문指紋처럼,
가끔은 갓 구워낸 식빵 언저리처럼,
낭랑하면 되겠다

냄새로는 기억될 수 없었기에
자리를 뜨지 못한 오븐은 오늘도
적당히 달구어진다

얼굴을 파묻는다

당신의 향내가 감도는 테두리로
말갛고 긴 잠이
데려다 주었으면 좋겠다

코스모스의 시간

서녘의 가장 끈적거리는 물과 환희로
이곳에 온 너

바람이 내려준 지문으로
끍적거리는 시간을 건너가는 너에게
건넬 수 있는 물건은 오래된 오일파스텔이라서
스무 개에 가까운 보라색을 입히느라
한 철은 온통 무르고 닳겠지만

아름다움은 지네들의 검붉은 발뒤꿈치 같아

들판에서 지지 않는 등갓을 치켜들고
너는 꺾이지 않는 셔터를 눌러라
촘촘한 격자 붓질을 나부껴라

흔들리는 공기들은 온전히 너의 혼신이니
받아먹고 구름은 연한 미소를 흘려낼지니

꽃별들이 부딪치며 나는 소리들은

태양의 암술을 닮아 있어

빛의 저 켠에서
너는 식지 않는 동경憧憬을 길어 올려라

보호색

세상에서 가장 잠이 오지 않는 침대에서
아직 자고 있는 사람을
보여주고 싶지 않은데,

어떤 자세로 누워 있었는지
간호사의 기척으로 알게 된

새벽녘의 풀기는
저냥 혼자 부여잡고 가는,

빛웅덩이

너 하나면 되지,
반투명 물질은

4부

물이 드는 풍경

긴코너구리처럼 바람이 길어지면
우리는 물이 든다

떨어지면서 아름다워지는 시신을 수습하다 보면
빛나게 축축해지는 것이다

바람이 우리를 흔드는 것은
지상에 닻을 드리우고픈 연유일까

시간의 아침을 흡입하는 고추잠자리처럼
물기를 말리러 지상에 온 수의들

탄산수처럼 세상은 총총하고
물이 든 육체의 낙법은 발랄하다

달뜬 저녁을 차곡차곡 재우는 노을이여
바람의 어머니여

시퍼렇게 멍이 드는 시간은
꿈꾸고 싶지 않아

선잠

저기 매달려 움직이다가
어디로 올라가는 걸까,

빗소리는

흠 없는 자장가

하늘 위의 하늘

코뚜레 같은 어둠이
하늘을 건드릴 때,

잉크병이 있고
잘 마른 꽃다발이 있고
낮은 노래가 있다

위로 오르는 것이
어디 나무들뿐이랴

수사修辭도, 기교技巧도
만져지지 않아
하늘은 그저 하늘이다

수평선이 칼잽이처럼 하늘을 흔들어
노을은 흐드러진다
말랑한 철새들은
하늘 끝 가닥을 잡아당긴다

짓이겨진 영혼이 가닿고 싶어
구름은 저리 붉은 것일까

멀건 하늘이
떠오른다

바다의 기원

올라갈 수 없는 꿈들이 그곳에 다 있었다
빛이 하는 일을 전부 알 수는 없지만
조금 더 빛에 가까워지고 싶었다

돌고래가 수면 위로 날아오르는 기적
삽시간을 목격하는 기적
간절하면 부풀어 오르는 기적
아침에 눈이 떠지는 기적

가닿을 수 없는 정신을 향하여
갈매기들은 매일 날개를 오므렸다가 편다

오늘은 어느 짐승의 먹이가 되고 싶은가
아침은 먹고 길을 나서고 싶은가

비껴가시오

비늘은 어둡지 않아서
등지느러미를 먹여 살린다

누가 먼저 발을 걸었는지도 사소해진 세계
무엇을 기다렸는지도 모호해져버린 물결

순정純情 없는 조가비들이
다만

백사장에 거꾸러져 있다

환기가 필요한 어스름은
달로 떠날 채비를 하고,

열세 살 소녀는 큰 여름 새벽 샛마파람에게
운명을 매각했다가 찰나에 붙들렸다
만난 적이 없는데도 다 읽어내는
함박눈을 만났다

사랑이었다

물의 얼굴

몸체는 온데간데없고 얼굴만 남은 덩어리가
태양의 육신을 빌려 입고 바다에서 다시 태어나고 있다

얼굴만이라도 영원히 늙고 싶지 않았어

말할 수 없는 것들을 그러쥐고 있는 눈동자는
수평선의 색채를 받아 영겁을 반짝거린다

사랑과 원망의 구심력으로 굴려온 반죽이었다
자국이었다 노을이 품어준 나이테였다

하늘을 오래오래 날고 싶었다
아름다운 몸체를 건네주고 싶었다

마주 댔던 두 손이 녹아내리며
형편없는 꿈에만 가닿는다

겹눈들이 번들거린다
가을을 데불고 가는 철새들이

바다의 눈가를 어지럽힌다

입술을 들썩이자
짜디짠 볼우물들이 쏟아져 나온다

달콤하게 울고 싶었던 감정들은 고여
저녁의 빛이 된다 이마가 된다

덩어리가 소리를 내기 시작한다
노래라도 부르려는 듯 콧날을 옴직거린다

한 다른 시계로 건너갈게

붉은 얼굴은 날개를 벌린다

명랑한 돌고래들과 바다 밑을 날아서
윤슬의 얼굴은

노을빛 체액과 악몽과 영근 흉터로

품고 품었던 기적의 시간에 도착했다

따스하고 푸른 계절력季節曆이 오래오래
눈동자를 안아주었다

울어주었다

입문入門

우리는 언젠가 모두 그을려요
왜 슬픈지 모르고 슬퍼요
안 고이는 데가 없어요

구절초와 코스모스가 늘 헷갈렸어요
그래서 당신을 아프게 했나 봐요
걷다가 자꾸 멈칫했나 봐요
못 알아봤나 봐요

만개한 노을이 물구나무서서 고샅길로 흩어지네요

평상에 누워 하늘을 들이마셔요

곡진한 빛이 저기서 묻어나네요

손등을 마주 대보아요
우리들의 시간을 앞섶에 담아요

착륙

그 행성에 닿으면
푸른 바나나와 덜 여문 아보카도를 내려놓자

지구에서도 중심을 잡을 수 없었던 까닭을 찬찬히 꺼내
이름이 이름이 아니었던 영혼들에게 재齋를 올리고
거기서 바라본 어둠에게 우리의 어둠을 들려주자

가정법이 생의 전부였던 입술들의 평화를 기원하자

구부러진 어지러운 발톱들에게 색깔을 입혀주고,
덧신만 신고도 날아오를 수 있는 법을 전수받자
한 번만 주문을 외워도 낙담에서 빠져나오는
설계도를 빼내 오자

어설프게 화해하지 않는 자들의 서슬을 그러모아
인력引力의 벽에 내걸고 동의어들에 결박된 영혼의
아침 식사를 위해 다 익은 방울토마토와 덩굴딸기를 따
오자

부릅뜨자

들리지 않는 소리를 외쳐
무한 성운無限星雲의 결기를 들이마시자

건너기만 하면 실패였던 징검다리의 역사를 무너뜨리고
내려앉지 않는 구름들에 둘러싸여
다가갈 수 없었던 겨를 위를 뛰어다니자
꺼지지 않는 장작불의 사위를 지피자

가면무도회

함께 추고 싶은 춤은 수북한 왈츠인데요,

곧잘 춘다니까요 스텝을 놓치지 않는다니까요
손금을 주세요 뼈마디를 주세요 따스한 염통을 주세요
얼마나 돌면 닿을 수 있을까요
북극성이 뜰 때부터 질 때까지
뒤꿈치를 들고 토슈즈가 되는데

양미간의 껍질을 벗겨내고 끌리는 드레스를 입어보는데
허리를 잘록하게 조이고 거치적거리는 머리카락을
수염수리의 부리에 묶어주는데

허공에서 어깨와 어깨를 맞대고 싶다니까요
벅차지 않은 희망을 교환하고 싶다니까요
뛰어넘을 수 있는 무릎과
의심하지 않는 색깔로
운명의 미래를 너울대고 싶다니까요

음악이 흐려지면 발목을 뻗어 인사를

선물하고 싶어요 받아본 적 없는 믿음을 건네받고
포장을 끌러 미소를 얼굴에 박음질하고 싶어요

내일을 노래하는 메트로놈이 되자고요
식지 않는 박자의 심장이 되자고요

보조개는 활엽수들의 민낯,

넘치는 왈츠를 비 뿌리는 통창에 내걸자구요

해바라기는

들켜버린 마음은 모두 꽃이 된다
자라고 자라 훌쩍 긴 꽃이 된다
빛을 향해 목놓아 소리치고 싶어
빛을 건드리는 큰 꽃이 된다

빛이 움직이는 대로 가리키는 대로
가닿고 싶은 열망을 나풀거리는,
당신을 두드리는 짙은 노래가 된다

샛노란 목소리는 당신의 목소리를 닮았다
누릇한 절망은 당신의 절망을 닮았다

노을이 어둠을 데불고 오면
꽃은 서둘러 시간을 접는다 얼굴을 닫는다

다 들켜버린 마음들은
어디로 흩어져야 하나

빛이 이끄는 대로

순하게 웃던 꽃잎들의 매무새를
이곳에 기록한다

밟혀서 갈 수 없던 꽃잎들을
한 장 한 장 내걸어본다

고드름의 빛과 바람이
마음들을 연신 흩뜨려놓을지라도

해바라기는 영영 당신의 꽃이다
우리들의 민낯이다

이름에게

숭숭한 돌을 던지는 마음과 가만히 두는 마음 사이에서
천칭자리처럼 개여울처럼,

이름을 드러내고 싶지 않은 마음들끼리 만나
이름으로 수놓아진 노을의 피부들

동시에 균질한 진공관이 되고
서로를 음송吟誦할 수 있다는 것은
더 이상 찾아올 수 없는 축복

거슬러 올라가는 액체의 빗장뼈로
어귀로 번지는 기체의 잎맥으로

놓아줄 수가 없어
견고해진 이름은
무성한 반딧불이들의 성곽

작지만 큰 기운의 둘레길을 나란히 걸으며
빛의 도록이 데려다주는 계절로 숨어들어요

누구도 찾아낼 수 없는 절기節氣의 지붕 위에서
강아지풀처럼 서로의 손바닥에 기대

저물지 않는 손등을 쌓아 올려요
손가락을 걸어 이름의 눈자위를 두드려요

단비

우리가 조옮김해가며 흘려 적는 음표들이
꽃들의 눈망울이라면,
단비는 강아지들의 찰랑거리는 인사말

하늘에서 줄지어
풀잎의 허파 속으로 파고드는
감빛 발자국들의 비망록

번지는 갈기들이 사이를 휘감아요
감도는 꽃가루들은 무엇이라 이름 붙일까요

순간을 음각하는 시선들이
우리들의 감각을 두텁게 덧입혔어요

공기방울로 만든 외투를 입고
하루에 한 번, 하늘에 물을 주자고요

하늘이 자랄 때마다
감정은 초롱초롱해져요

분갈이해서
영원永遠의 구근球根으로 수확할 계절들

우리들의 겨를은,
너른 화원花園이에요

좋아요

시푸른 그림자의 창문을 처음 두드려주던 소리가 좋아요,

명주달팽이의 보폭보다 더 느리게 다가와 스며들던 매일의 섬이 좋아요,

바다 밑이 좋아요 몇백 점의 수평선이 좋아요 누를 수가 없어 더 좋아요

돌고래들이 일으키던 파도를 넌지시 건네주던 손길이 좋아요,

다 좋아요, 녹지 않는 눈[雪]을 거품 내어 허공에 발라주며 평화를 빌어주어,

그림자의 그림자까지 다 건져다가 태워버리라고, 유려한 용기를 내일로 끌어다 주어서 좋아요,

다 들어주는, 넓은 귀가 좋아요, 청귤의 향香을 그려내는 당신의 바탕체가 좋아요,

시간을 삭이느라 구름 위의 하늘을 오래도록 내려다보던 눈 밑도, 멋쩍어하는 웃음도,

좋아요, 더욱 밝아진 의심이, 이름을 묻는 목소리가 좋

아요,

　내일을 모레를 밟아볼 수 있게 기다려준 기다림이 좋아
요, 다 좋아요,

　오들오들 떨던 섬에게 의자를 가져다주어서 좋아요,

　다 알고 있었으면서 모르는 듯 물러서 있던 어깨가 좋
아요,

　바람을 고르는, 바람의 흙을 골라 가지런히 반죽하는
믿음이 좋아요, 없는 행간을 발견하는

　속내가 좋아요, 어둠을 돌보는 불꽃들을 지펴주는, 부
서진 영혼을 다 그러모아 동그랗게

　붙여주는 뒷모습이 좋아요, 부드러워지지 않는 횡격막
을 해거름의 군락으로 초대해주어

　좋아요 다 좋아요, 핏빛 굴레가 일으키는 슬픔의 팔가
락지를 함께 손목에 두를 수 있어,

　나의 세계가 아니던 통창들, 보이지 않던 집의 윤곽들,
서까래를 처마 밑을 지어주어

　좋아요, 좋아요, 다 좋아요

누를 수 없어, 누르고 싶어, 더 좋아요

좋아요가 보름달이 되어, 부서지지 않는 달항아리가 되
어, 하늘길이 되어

좋아요 좋아요 참 좋아요

갇히고 닫힌 세계의
영혼들을 위한 진혼곡

황정산(시인, 문학평론가)

1. 들어가며

사람들은 가벼운 것을 좋아한다. 경쾌함과 가벼움의 시대라고 한다. 깊이 있는 생각보다는 가벼운 오락거리가 세상을 지배하고 있다. 두껍고 어려운 책은 이제 장식으로라도 팔리지 않고 무겁고 진지한 대화를 꺼내면 분위기 파악을 못 하는 눈치 없는 사람이 된다. 가벼움은 곧 자유로움이고 세련됨이다. 아무것에도 매이지 않고 어떤 것도 중요하게 여기지 않는 가벼운 정신이 이성의 구속과 윤리의 속박으로부터 우리를 벗어나게 해준다는 담론이 넘쳐나고 있다. 가벼움은 솔직한 욕망과 그것이 주는 자유의 표상이고 증거이기도 하다.

하지만 자유로움이 가벼움이라고 말할 수는 있지만 가벼움이 자유를 보장해주지는 않는다. 자유로운 욕망을 가벼운 정신으로 무한히 충족하고자 할수록 우리는 욕망의 포로가 된다. 가벼워지기 위해 더 많은 것을 욕망하는 아이러니를 경험하게 된다. 모든 것으로부터 가벼워지고 자유로워지기 위해 모든 것을 가져야 하는 욕망의 사슬에 매이게 되는 것이다. 결국, 나는 거미줄보다 더 가벼운 그러나 헤어날 수 없는 속박으로부터 결코 자유로울 수 없게 된다. 이렇게 보았을 때 가벼움이 지배하는 세상은 가벼움을 얻으려는 무거운 욕망의 세상이며 우리는 그 억압으로부터 벗어날 수 없는 갇힌 세상에 살고 있는 셈이다.

가벼움의 추구는 그만큼 우리의 삶이 무겁기 때문이다. 신선이 되어 삶의 온갖 고뇌를 벗어나 하늘로 날아가는 것을 우화(羽化)라고 한다. 깃털처럼 가벼워진다는 뜻이다. 가장 높은 정신의 경지를 이렇게 가벼운 깃털로 비유한 것은 그만큼 우리의 삶이 무게의 고통 속에 영위되고 있기 때문이다. 그런데 신선이 되지 못하는 인간은 죽어서만이 이 무게를 지우고 깃털처럼 가벼워질 수 있다. 누구도 살아서는 무게를 벗을 수 없기 때문이다. 우리의 삶은 모두 무게로 이루어졌다. 모두 어깨에 무거운 짐을 얹고 살고 있다. 당장 해야 할 일이 어깨를 짓누르고 있고, 가족에서의 역할, 직장과 조직에서의 위치, 사회적으로 얻은 명망과 영예가 모두 무게가 되어 본인의 삶을 압박하고 있다. 때문에, 우리는 한없는 가벼움을 추구하고 있는 것처럼 말하지만 사실은 이 모든 무거움으로 갇히고 닫힌 세계에 살고 있다. 노미영 시인의 이번 시집은 바로 이 닫히고 갇힌 세계 안에 살고 있는 존재들을 위해 쓰여졌다 생각된다.

2. 없는 것들의 세계

모든 욕망은 결핍에서 온다. 욕망이 커질수록 결핍은 채워지는 것이 아니라 더 큰 결핍을 불러온다. 우리는 욕망을 충족할 상품들로 꽉 찬 세계에 살지만 그만큼 더 큰 결핍이 우리로 하여금 더 많은 것을 욕망하게 만든다. 그래서 더 많아질수록 더 많은 부재를 경험하게 만든다. 세상은 없는 것들이 지배하고 우리는 그것을 향한 욕망에서부터 벗어날 수 없게 된다. 이러한 욕망과 결핍의 아이러니를 다음 시가 잘 보여주고 있다.

선물은 그림자마저 녹아버리는 것으로 고르자
향기가 사방을 흐르다 물러가도록 하자

어느 꽃의 감정이 좋을까

두 손 가득 꽃잎들의 호곡號哭이
머물다 가도록

울음이 아름다움의 유골이라는 것을
속삭여주는 계절에

너에게 건네줄 것은
닳아서 멈추지 않을 속도들

설탕통에 눌러 담을 수 없는
영원한 섬광들

과거에서만 다시 만날 수 있기를,

때늦은 거짓말이 골목을 서성이다가
갈 곳이 없어 훈김을 지핀다

여섯 개의 비누, 고양이 한 마리

사로잡힌 영혼들에게는 행간이 없다
― 「비상구」 전문

시인은 많은 것들을 얘기하고 있지만 그것들은 다 없는 것들이다. 기쁨을 위해 마련한 선물조차 "그림자마저 녹아버리는 것으로 고르"려고 한다. 없는 것들과 꽃잎처럼 사라질 운명을 가진 것들이 우리의 삶을 형성하고 있다. 시인은 그것을 "울음이 아름다움의 유골"이라는 말로 표현하고 있다. 아름다움이 사라진 곳에서 울음이 만들어지듯이 채울 수 없는 결핍으로 생긴 욕망의 좌절에서 우리는 슬픔이라는 정서를 피할 수 없다는 것이다. 그런데 더욱 불행한 것은, 이런 영혼들에게는 "행간"마저 없다는 것이다. 행간은 문맥에 따른 이차적 의미를 말한다. 그것은 우리가 사고해야 인생의 의미이며 지향해야 할 삶의 가치이다. 없는 것들에 지배되는 영혼에게는 이런 것은 있을 수 없다는 것이다. 이런 것들을 갖지 못한 영혼은 없는 것들을 향한 욕망에 더욱 사로잡히게 되는 악순환을 멈출 수 없게 된다.

인간은 없는 것들을 꿈꾸는 동물이다. 없는 것들을 표현하기 위해 말을 만들고 없는 것들을 재현하고자 예술을 발전시키고 없는 것들에 대한 욕망을 채우기 위해 문명을 발전시켜 왔다. 어쩌면 우리 모두는 지금 내가 가지고 있는 것들로 사는 것이 아니라, 내가 못 가진 아니면 내가 잃어버린, 이 없는 것들을 위해 살고 있다고 해도 틀린 말은 아니다. 없는 것들을 위해 일을 하고, 없어서 지금은 아직 경험하지 못한 세계를 위해 사랑을 한다. 한 사람에 대한 진정한 평가는 그가 가진 것에 의해서가 아니라 그가 갖지 못했다고 생각하는 것이 무엇인가에 의해 내려진다. 이 시집의 표제작이기도 한 다음 시는 이 없는 것들의 세계를 아주 잘 보여주고 있다.

나의 화첩에서
사라진 봄을 찾아내는 것은 오랜 습관

꽃잎들을 찾다가 시계를 잃어버리고
새순을 찾느라 물감을 잃어버리고
하늘을 찾다가 초록을 놓치고

지쳐서 나는, 나비
혼자서 나비
노래도 없이, 식목일

빈 화분들이
빗줄기를 두들겨 맞고 있는 만화경萬華鏡

봄만 남기고 다 봄
이름만 남고 다 뜯겨진 봄
— 「봄만 남기고 다 봄」 전문

봄은 욕망의 비유이다. 그것이 계절로서의 '봄'이건 '보다'라는 동사의 명사형으로서의 '봄'이건 마찬가지이다. 봄은 우리가 바라는 것이기도 하고 바라는 행위 자체이기도 하다. 하지만 그것은 동시에 부재하는 것이기도 하다. '본다'라는 것은 '바란다'는 의미를 가지고 있고 계절로서의 봄은 아직 다가오지 않은 기다림을 부르는 부재의 존재로서 가장 큰 의미를 갖는다. 결국 "봄"은 없는 것들의 세계이다. 이 시 제목의 "봄만 남기고 다 봄"은 이런 욕망의 아이러니를 잘 말해주고 있다. 우리가 보고 바라고 욕망하는 것이 사실은 채울 수 없는 결핍이고 부재하는 존재로서의 봄일 뿐이라는 것이다. "빗줄기를 두들겨 맞고 있는 만화경"은 바로 이 허망한 욕망의 환유를 상징적으로 보여준다.

산다는 것은 이 없는 것들을 견디는 것이다. 없는 것을 채우려 할 때 없는 것들이 우리를 지배한다. 시인은 없는 것들을 불러내 호명함으로써 부재를 부재로 인식하여 그것에 대한 욕망을 지우고자 한다. 어쩌면 시를 쓴다는 것은, 이 없는 것들을 써서 지우는 작업이다.

견딘다는 말은 삭제해버리려고 해
그간 썼던 문장들도 대부분 잊어버리려 해

박히려고 구웠던 게 아니거든

망치질을 할 때는 반쯤만 걸어

활자를 사랑한 사람은 글자 밖으로 나오지 못하고
아침을 주장하지만
저물녘이 끝까지 마음에 드는 사람은
곱은 손가락을 펴지 않아

…(중략)…

묘사는 없고 늘 진술뿐이야
그래서 탈락하고탈락하고탈락하다가 또 탈락하지

하늘과 바다가 무진장하다고 해서 자주 쳐다봐
장작이 타들어가는 소리를 따뜻하다고 되뇌어보지
캠핑을 가려고 타프도 사고 골프방송도 가끔 기웃거려
등산이 최고지 와인들의 목록도 찬찬히 들여다보고
풀빌라 대여 호캉스 합류 맛집 탐방 출사까지

보여줄 게 없으면 그만 살아야 하는 거야?

그 많은 들꽃들의 이름을 아는 게 없어

한 소녀의 영혼조차 묵독해내지 못했지

너는 내일 어때?
—「모음조화」부분

  우리는 보여주기 위해 살고 있다. 캠핑이나 등산, 여행이나 맛집 탐방 등 이 모든 것들을 순정한 나의 욕망에서 하는 것이 아니라 보여주기 위해 한다. 온갖 SNS는 이를 위한 중요한 수단이 된다. 이를 통해 나의 욕망을 타인의 욕망으로 만들고 나는 타인의 욕망을 욕망하는 존재가 된다. 나의 욕망은 결국은 타인의 욕망을 욕망하기 위해 하는 것이다. 나의 욕망이 타인의 욕망을 베끼고 모방하여 "모음조화"처럼 따라 하게 될 때 결핍의 빈자리는 더욱 커지고 나는 부재의 세계 안에서 욕망의 환유를 벗어날 수 없게 된다. 시인은 과감하게 이 환유에서 벗어나고자 한다. 그것은 그간 썼던 말들을 삭제하고 잊어버려 글자 밖으로 나오는 행위를 통해서 가능하다. "견딘다는 말"까지도 삭제하여 말을 통해 욕망을 대신하여 결국 없다는 사실을 잊으려 하는 욕망의 환유를 끊겠다는 것이다. 그리하여 가진 것이 없어 보여줄 수 없는 "곱은 손"을 확인하는 길을 삶이 정리되는 "저녁까지" 걷고자 한다. 노미영 시인에게 시를 쓴다는 것은 이렇게 없는 것을 불러내 그것을 확인하는 작업이기도 하다.

3. 차이와 반복

노미영 시인의 시들은 이 없는 것을 확인하는 방법으로 차이와 반복을 즐겨 사용한다. 이 차이와 반복에 대해 들뢰즈는 "차이는 두 반복 사이에 있고 반복은 두 차이 사이에 있다. 반복은 차이를 만들어내고, 차이는 반복을 만들어낸다"고 말한 바 있다. 이 말은 노미영 시인의 시들에 그대로 적용된다.

사실 우리의 삶은 반복의 연속이다. 타인의 욕망을 욕망할 수밖에 없는 우리는 누군가의 삶을 모방하고 그것을 반복하며 살아간다. 다음 시가 우리의 그런 운명을 잘 말해주고 있다.

성공을 선점한 유기화합물들이
불행을 강화마루처럼 깔고 앉아 있는 것들에게
너스레를 부린다

역류성 식도염 같은 하루의 궤도를 수정하라고
0과 1의 세계에 편입하라고

미라클 모닝에 함께하자고

새벽을 열어젖히면 도시의 쓰레기통들이 뿜어내는 온기,
또 새벽을 일으키면 후회보다 빠르게 배송되는 상품들의
냉기, 온기, 열기, 한기

한생을 반복하는 분리수거

거울을 닦다가 정리되는 사랑
창틀을 떨다가 마감하는 상처
거미줄을 떼어내다가 시작하는 오기
물때를 제거하다가 밀려오는 붉은 잠자리 떼들

건드리지 않는 것이 용기인지 회피인지
알다가도 모르겠는 나날들이
계절을 역주행하며 섬광을 품는다

사그라들지 않는 계정들은
먹이사슬처럼 비난하고 용트림하고

잊혀지지 않아서 어리석어지는 것들
잊고 싶지 않아서 싹싹해지는 것들

불가해한 빛들을 그대로 두지 않으려고
최선을 다해 바둥대는 나방들

측은한 것들은 줄지어 높쌘구름 속으로 뛰어든다
껍질이 벗겨진 바람들만 더 낮은 하늘을 맴돈다
　　　　　— 「@」 전문

@는 영어 at의 뜻이다. 우리를 어디에 위치시키고자 하는 명령어이기도 하다. 특히 사이버 세계에서 @는 나의 존재와 위치를 말해주는 중요한 표식이다. 우리는 @를 부여받아야 즉, 어딘가에 존재해야만 아이디로서의 정체성을 갖는다. 하지만 이것을 부여받는 순간 우리는 끝없이 반복되는 삶을 살아야 한다. 시인은 그것을 "사그라들지 않는 계정", "한생을 반복하는 분리수거"라고 표현하고 있다. 그런데 우리는 왜 이런 반복의 삶을 살아야 하는 것일까? 닫히고 갇힌 세계가 그것을 요구하기 때문이다. 아니 거꾸로 우리가 닫히고 갇힌 세계에 살 수밖에 없는 것은 이 반복의 삶이 우리의 운명이기 때문이다. 내가 나의 삶의 주인이 아닌 소외를 경험한 근대 이후의 삶은 나는 나 아닌 것, 물질이나 조직의 지배하에 살 수밖에 없다. 그것은 반복을 통해 인간을 길들이고 반복을 통해 그 자체의 형식을 유지한다. 일상은 상투화되고 우리는 권태의

사슬에서 헤어날 수 없다. 그런 반복과 권태를 시인은 "건드리지 않는 것이 용기인지 회피인지/ 알다가도 모르겠는 나날들"이라고 표현하고 있다. 그러한 상투화된 일상 속에서 "미라클 모닝"을 실천하는 노력으로 "알파"의 존재가 되어봐야 그것은 "최선을 다해 바둥대는 나방", "성공을 선점한 유기화합물"일 뿐이다.

　이러한 반복과 그로 인한 권태는 SNS상에서는 더욱 심화된다.

　시푸른 그림자의 창문을 처음 두드려주던 소리가 좋아요,
　명주달팽이의 보폭보다 더 느리게 다가와 스며들던 매일의 섬이 좋아요,
　바다 밑이 좋아요 몇백 점의 수평선이 좋아요 누를 수가 없어 더 좋아요

　…(중략)…

　좋아요, 좋아요, 다 좋아요
　누를 수 없어, 누르고 싶어, 더 좋아요
　좋아요가 보름달이 되어, 부서지지 않는 달항아리가 되어, 하늘길이 되어

좋아요 좋아요 참 좋아요
― 「좋아요」 부분

SNS상에서 무엇을 봐도 우리는 "좋아요"를 누르는 동일한 행위의 반복을 통해 반응할 수밖에 없다. 그리고 거기에 길들어져 이 "좋아요"라는 기호로 모든 사물과 정서를 치환해버린다.

하지만 우리가 반복에 길들어진 존재들이지만 각자는 그 반복 속에서도 차이를 가지고 있다.

다 부서진 별들이 부엌 바닥에 수북하다
개수대 배수구에도 건조대 언저리에도
행주로 훔쳐 담으면 반짝거리는 분노

발뒤꿈치에 박혀 걸을 때마다 바스락거리는
환멸 갇혀 사는 자의 감정이 페달
쓰레기통에 차곡차곡 넘쳐난다 가루가 된 별들이
거실로 흘러 들어간다 안방으로 화장실로 해무海霧처럼
전진한다

그래도 같이 살아요,

우리는 밥을 함께 먹는 짐승들이잖아요

밤하늘의 별은 부서지면 찔레꽃이 된다
집게발을 잘라내고 뒷덜미를 움켜잡으며
꽃가루 같은 별들이 새벽하늘을 갈아 끼운다
　　　　　　　　　　　　—「미명微明」 전문

　어둠과 밝음이 공존하는 일출 바로 전의 희미한 미명에
서 사물들은 차이와 반복을 동시에 드러낸다. 시인은 그
것을 "부서진 별"이라는 특별한 이미지를 사용해서 보여
주고 있다. 부서진 별은 깨진 유리 조각을 연상시킨다. 그
것은 무수한 반복을 보여주지만, 어느 것 하나 같은 것은
없다. 무수한 차이를 보여주고 있다. 그래서 그것은 "찔레
꽃이" 되기도 하고 "꽃가루"가 되기도 한다. 다만 미명처
럼 희미한 조명이 그것을 판별하지 못할 뿐이다. 이 시의
제목 "미명"은 어둠과 밝음이 함께하듯 바로 차이와 반복
이 함께하는 우리 인식의 새벽을 상징적으로 보여주고 있
는 것이라 해석할 수 있다. 어쩌면 시를 쓴다는 것은 이
차이와 반복을 인식하고 드러내는 일이기도 하다. 다음
시가 이를 말해준다.

숨이 차서,
할 말이 너무 많아서,
너무 쓰지 않아서,
쉼표가 많은 시를 쓴다,

지우고 싶은데,
지워지지 않는다,

마침표를 찍고 싶은데,
쉼표가 만개한 시간이 그득하다,

강박强迫과 편집偏執이,
파르스름한 저녁을 반복하고,
눈이 부신 뭉게구름을 삶아낸다,

흥건한 카펫은 탈수되지 않고,
후박나무는 벼락을,
비껴가며 미래까지 숨 쉰다,

쉼표가 많아서,
드문드문 숨 쉬고,
쉼표가 많아서,
구멍이 자꾸 생긴다,

한 사람을 똑같이 웃게 하고,
한 사람을 똑같이 울게 한다,

숨 가쁘게 남은 생이 빙그르 돈다,

한 사람의 얼굴이, 두 사람의 숨이, 세 사람의 약속이,
잦아들어간다, 꺼져간다,

끝나지 않는 한숨이,
무수한 쉼표를,
먼 하늘에 비늘처럼 박아놓는다,

우리들은 영원히 붙박여,
놓여나지 못한다,

멈추지 않는 쉼표가 된다,
퍼진 별무리가 된다,
—「쉼표가 많은 시」 전문

쉼표는 차이와 반복의 생성 때문에 만들어진다. 마침표
로 끝낼 수 없는 무수한 차이와 반복이 우리의 삶을 형성

하고 있어 그것을 노래하는 시 역시 쉼표가 많을 수밖에 없다는 것이다. "강박과 편집이" "파르스름한 저녁"처럼 희미한 우리의 삶을 반복적으로 보여주지만 그것을 통해 "눈이 부신 뭉게구름"처럼 분명한 차이가 드러나는 것이다. "끝나지 않는 한숨"처럼 계속되는 쉼표의 반복은 "퍼진 별무리가" 되어 각각의 존재들의 의미 있는 차이를 만들어낸다. 어쩌면 시를 쓴다는 것은 이와 다르지 않다. 욕망의 결핍 속에서 닫히고 갇힌 세계를 사는 존재들에게 그 세계의 차이를 찾아가는 과정이다.

4. 맺음말

문명이 발전하고 각종 삶의 이기가 만들어지고 우리의 삶이 편리해질수록 우리의 삶은 더 벗어날 수 없는 결핍의 감옥이 된다. 우리의 욕망은 더욱 커지고 욕망이 채워야 할 결핍은 더 늘어나고 그만큼 없는 것들이 더 많이 생겨나기 때문이다. 먹을수록 더 허기가 지는 것 그것이 바로 현대문명의 특성이다. 그리고 이런 허기가 세상을 불행하게 하고 닫힌 세계를 강요하고 폐허로 만든다. 노미영 시인의 시는 이 닫히고 갇혀 온통 폐허가 된 세계를 보여준다. 하지만 그 안에서도 차이를 가진 존재로서의 정체성을 잃지 않으려는 간절한 노력이기도 하다. 한마디로

노미영의 시는 '닫히고 갇힌 세계의 영혼들을 위한 진혼
가'라 할 수 있다. 이 진혼가를 통해 닫히고 갇혀 존재를
상실한 모든 불행한 영혼들에게 이름을 부여하여 위로한
다.

이름을 드러내고 싶지 않은 마음들끼리 만나
이름으로 수놓아진 노을의 피부들

동시에 균질한 진공관이 되고
서로를 음송吟誦할 수 있다는 것은
더 이상 찾아올 수 없는 축복
— 「이름에게」 부분 🔚

달아실시선 63

봄만 남기고 다 봄

1판 1쇄 발행	2023년 2월 18일
지은이	노미영
발행인	윤미소
발행처	(주)달아실출판사
책임편집	박제영
디자인	전형근
법률자문	김용진
주소	강원도 춘천시 춘천로 257, 2층
전화	033-241-7661
팩스	033-241-7662
이메일	dalasilmoongo@naver.com
출판등록	2016년 12월 30일 제494호

ⓒ 노미영, 2023
ISBN: 979-11-91668-65-0 03810